KB051935

튜브,
힘낼지 말지는
내가 결정해

튜브,
힘낼지 말지는
내가 결정해

하상욱 지음

TUBE 튜브

겁 많고 마음 약한 오리, 튜브. 작은 발이 콤플렉스라 오리발을 착용하는, 미운 오리 새끼의 먼 친척뻘이다. 평소에는 소심한 성격이라 사람들 앞에 쉽게 나서지 못하지만, 절대 얕보지 말 것! 극도의 공포를 느끼거나 화가 머리끝까지 나면 입에서 불을 뿜으며 밥상을 뒤엎는 미친 오리로 변신하니 언제나 주의해야 한다.

그러나 작은 발을 부끄러워하는 소심한 튜브, 오리발로 분노의 하이킥을 날리는 튜브 모두 사랑스럽기는 마찬가지다. 친구들과 보내는 시간을 가장 좋아하며, 한적한 전원생활을 즐기는 튜브의 일상은 오늘도 평화롭다.

START

FINISH

PART 1.

싫다면
싫은 겁니다

안 만나고 싶다.

안 맞는 사람들.

싫은 사람과 잘 지내는 법은
서로 안 보고 사는 것뿐이다.

요즘 잘 지내니?

잘 지낼까 봐 묻는 거야.

미운 놈 떡 하나 더 줘야지.
퍽퍽한 걸로. 목 막히게.

내가 좋아하는 사람은
나를 싫어해도 좋고.

내가 싫어하는 사람은
나를 좋아해도 싫고.

인간관계는

넓히는 건 줄 알았는데

잘 좁혀야 하는 거더라.

관계를 실패했다 생각했다.
정리를 성공했던 것뿐인데.

나를 싫어하는 사람과 어울리면
나를 싫어하게 된다.

나를 좋아하는 사람과 어울리면
나를 좋아하게 되고.

사람들의 마음이 넓었으면 좋겠다.

나는 집이 넓었으면 좋겠고.

"너 내 욕하고 다닌다며?

　너 욕하고 다니는 애가 말해 주더라."

23

불러 내면 귀찮은데,

안 부르면 서운하네.

일이 힘들면 관계가 귀찮고,
관계가 힘들면 일이 안되고.

나를 바꾸려 하네,
너는 바뀌려 않고.

내가 널 아끼니까 하는 말인데.

그냥 아껴 둬.

내가 널 생각해서 하는 말인데.

생각만 해.

남 일에 관심이 많아진다.
내 일에 관심이 없어지면.

다른 것이 틀린 것은 아니지만
틀린 것이 다른 것도 아니더라.

하상욱에게 '대화'란 뭔가요?

대화는 저에게 '스킨십' 같아요.

왜?

일방적이면 관계가 무너져.

당신에게

들키고 싶지 않은

내 마음…

'너 졸라 싫어.'

사랑은 주는 만큼 받지 못했고
미움은 받은 만큼 주지 못했다.

뭘 해줘도 고마운 줄 모르는 사람이
안 해주면 불만은 또 그렇게 많더라.

고맙다는 말을 않고 살면

고마운 사람을 잃고 산다.

혼자는 외롭다.

함께는 괴롭고.

외로움을 벗어나기 위해
꼭 누군가를
만나야 하는 건 아니더라.
혼자인 내 생활의
만족감이 높아지면
외롭지 않더라.

오히려
불만족스러운 함께가
더 외롭더라.

누군가의 비밀을 지키는 이유는

비밀을 지키고 싶어서가 아니지.

그 사람을 지키고 싶기 때문이지.

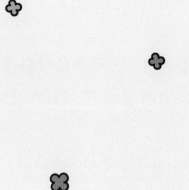

나이가 들면서 친구들과의 대화가
전처럼 재밌지 않은 게 왜일까 했더니

어렸을 때 어른들과 이야기하면
그렇게 지루했는데

**이제 우리가
그 어른이 되어 있더라.**

누군가를
"알고 보면 좋은 사람이야"라고
말해 주는 사람과 가깝고 싶다.

누군가를 알고 봐 주고
좋게 봐 주는 사람일 것 같아서.

말을 편하게 하자길래 존댓말을 했다.

난 정말 그게 편해서.

말 한마디로 천냥 빚을 갚지만,

이제는 원화를 쓴다.

가식적일 때가 있는 사람과는
함께할 수 있지만,

진실할 때가 없는 사람과는
함께할 수 없더라.

할 말을 할 줄 아는 사람이란,
안 할 말은 안 하는 사람이다.

영혼 없는 칭찬이 낫더라.

영혼 없는 지적에 비해서.

좋은 말을 듣지 않고 사는 것은 큰 문제,
좋은 말을 듣기 싫게 하는 것은 더 문제.

ᴖᴖ

좋은 말로 할때,

좋은 말로 해라.

누군가 나를 미워하면

나도 미워하면 되는데

나를 미워하게 되더라.

누군가 나를 좋아한다고 해서
그 사람을 꼭 좋아할 필요는 없지만,

누군가 나를 싫어한다고 하면
그 사람을 좀 싫어할 필요가 있더라.

앞으로는
내게 제일 소중하지만
내가 가장 소홀했던 사람에게
잘해야겠다.

나에게.

PART 2.

끝까지 참으면
참다가 끝나요

월요일만 왔네.
잠은 오지않고.

"왜 이렇게 잠을 못 자? 무슨 일 있어?"

"응. 내일 출근 있어."

.

.

"왜 이리 잠을 못 자. 고민 있어?"

"아니. 모기 있어."

하상욱에게 '출근'이란?

출근은 '권태기' 같아요.

왜?

처음부터 지겨웠던 건 아니었어.

하고 싶은 걸 다 하면서 살 거라고
기대한 건 아니지만,

하기 싫은 일을 이렇게나 많이 하면서
살게 될 줄은 몰랐다.

하고 싶은 일이 줄어든 게 아니에요.
하기 싫은 일이 늘어난 것 뿐이에요.

나이 먹고 힘들까 봐 하는 일들이
나이 먹는 내내 나를 힘들게 하네.

잘 버티며 산다 생각했다.
날 버리며 살고 있었는데.

적성에 안 맞는다.
나로 사는 거.

일은 열심히 하다 보면 늘더라고.
열심히 하고 있으면 더 주더라고.

일을 더 시킬 생각만 말고,
일을 잘 시킬 고민을 해요.

불만을 모두
참아서는 안 된다.

불만을 모두
말해서도 안 되고.

일이 힘들어서 지치는 게 아니더라.
힘들어도 보상이 없다는 게 지치지.

#보상씹니

끝까지 참으면

참다가 끝난다.

어차피 당신도 똑같은 인간이야.
똑같이 소중해.

나랑 안 맞는 일이라서
힘든 줄 알았다.

그냥 일이라는 게
나랑 안 맞는 거였다.

1도 안 맞아.

안 맞는 일이 되더라.
안 맞는 사람 때문에.

기획자: 퇴근시간 됐는데 A를 요청한다.

디자이너: A를 요청하면 바쁘다고 한다.

개발자: A를 요청하면 문제를 발견한다.

클라이언트: A를 월요일에 달라고 한다.

디자이너 눈엔 제대로 된 기획자가 없다.
기획자 눈엔 제대로 된 디자이너가 없다.
개발자 눈엔 제대로인 게 아무것도 없다.
대표님 눈엔 제대로인 게 본인밖에 없다.

학생: 공부가 하기 싫지만 학교 친구는 좋다.

직장인: 일은 하고 싶지만 회사 사람이 싫다.

우리가 회사에서 만나지 않았었다면,

당신과 나의 관계는 지금과 달랐을 텐데…

상종도 안 했을 텐데…

〈퇴근 시간에 제일 하고 싶은 것〉

퇴근

〈출근 시간에 제일 하고 싶은 것〉

퇴사

지각하는 건 못 봐 줌.

야근하는 건 못 본 척.

<커피 타임 정리>

10분: 커피 사러 감

20분: 잠깐 쉬러 감

30분: 세 명 이상 감

60분: 일 얘기로 감

90분: 빡친 일로 감

??분: 팀장 휴가 감

기업 하기 좋은 나라가 아니라,
직원 하기 좋은 나라가 됐으면.

하상욱에게 '월급'이란?

저에게 월급은 '희망' 같아요.

왜?

그것마저 없다면 살기 힘들어.

하상욱에게 '잠'이란?

저에게 잠이란 '적금' 같아요.

왜?

중간에 깨…

Tube_official •••

❤️ 💬 ✈️   🔖

돈이 인생의 전부는 아니다.
대부분이지.

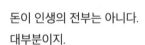
#돈쓰면비로소보이는것들

조금 아낀다고 돈이 모이진 않는데,
조금 질렀더니 돈이 사라져 있더라.

프리랜서가 되고 나니까 알게 된 것.

원하는 일을 할 수 있다. (X)
일을 원한다. (O)

일 없으면 놀 수 있다. (X)
일 없으면 살 수 없다. (O)

프리랜서란

출근하지 않아도 되는 몸이 되는 동시에,

퇴근할 수 없는 마음이 되는 것.

남이 하는 일들이 쉬워 보인다면
그 사람이 잘하고 있기 때문이다.

PART 3.

위로해달라고
한 적 없는데?

자존감 높이라고 좀 하지 마요.
그 말 들으면 자존감 떨어져요.

남의 시선을 의식하지 말라고 하네.

남이 의식할 만한 시선을 보내면서.

.

아 다르고 어 다르다.

나 다르고 너 다르다.

버릇이 없다뇨,
그게 버릇인데.

내가 참다가 한마디 하면,
너는 한마디를 못 참더라.

약점을 말하면
약점을 잡혀요.

안 해도 되는 말을 해버리면,
꼭 해야 되는 말이 생기더라.

을의 태도에도

문제가 없는 건 아니다.

병을 대할 때.

갑 >>> 을 >>> 병 >>> 정 >>> ...

내가 물러서는 만큼
사람들이 내게
다가설 줄 알았는데,
올라서더라.

'까임 방지권'
주실 필요 없어요.

'깜 허용권'
드린 적이 없거든요.

꿈을 꾸는 사람에겐 현실을 보래.

현실을 사는 사람에겐 꿈을 꾸래.

물어올 때 말하면 조언,
갑자기 말 꺼내면 참견.

당신의 주장이
항상 옳은 건 아니다.

내 비판이

항상 적절한 건 아니듯이.

"야, 너 진짜 말 다 했어?"

"응. 끝까지 들어 줘서 고마워."

"그래. 나중에 또 이야기하자. :)"

편한 사람이 되려고 하다가
편리한 사람이 되고 말았다.

행복을 찾기가 힘들다.
불행을 참기도 벅차서.

나쁜 걸 참다 보면
좋은 걸 잊어 간다.

나쁜 사람을 잘 버티면
좋은 사람인 줄 알았다.
그냥 잘 버티는 사람인데.

123

뭐가 잘못인지 모르는 사람은
뭐가 잘하는 건지도 모르더라.

누구나 잘못을 하기는 하지만

누구나 사과를 하지는 않더라.

항상 자기밖에 모르고
이기적인 아이를 보면
이런 생각이 든다.

'녀석… 어른스럽네.'

'마녀사냥'이라는 단어에서
사람들이 집중하는 건 마녀가 아니더라.

사냥이지.

나쁜 사람이 생각보다 많지는 않지만,
좋은 사람이 생각만큼 많지도 않더라.

남이 함부로 대해도 되는 사람은 없다.
남을 함부로 대하는 사람이 있는 것뿐.

충고는

남을 위해서 해야 한다.

남들 위에서 하지 말고.

지는 게 이기는 거다.

상대방이.

"넌 유명하니까 욕 견뎌"
라는 게 말이 된다면,

"넌 무명이니까 좀 닥쳐"
라는 것도 말이 되죠.

사람 대 사람일 뿐인데
매너는 지키며 살아야죠.

가해자는 옛날 일로 넘기고,
피해자는 그날 일로 남긴다.

잘못된 세상이다.
피해자가 세상을
피해야만 한다면.

새해복 많이 받으면 좋겠다.

내가 미워하는 사람들 빼고.
나를 미워하는 사람들 빼고.

이제부터는 내가 삶을 바꾸고 싶다.
지금까지는 삶이 나를 바꿔 왔으니.

사과를 한다고 해서 사람이 바뀌는 건 아닌데,
사과조차 하지 않는 사람은 절대로 안 바뀐다.

'사과'란 뭘까요?

사과는 '은메달' 같아요.

왜?

지는 게 아냐.

좋은 말을 들었다고 해서
모든 사람이 좋은 방향으로
바뀌지는 않더라구요.

누군가의 이야기를 듣고
더 좋은 사람이 되려고 행동했다면,

당신이 좋은 사람이기 때문이겠죠.

PART 4.

이번 인생
반품할게요

시간이 없을 땐 하고 싶은 게 많고,
시간이 있을 땐 하기 싫은 게 많고.

하상욱에게 '지각'이란 뭔가요?

지각은 '사랑' 같아요.

왜?

다시는 하지 않을 거라 다짐했건만…

주말인데 밖에 좀 나가야겠다.

거실로...

후회할 때 특: 저번에도 했던 후회다.

나 자신에게
조금만 관대해야겠다.
요즘 너무 관대했다.

선택은 힘들다.
지금의 내가 감당해야 하니까.

후회는 두렵다.
나중의 내가 견뎌내야 하니까.

늦었다고 생각할 때가 가장 빠른 거니까,
늦었다는 생각이 들 때까지 계속 미루자.

내일보다는 오늘이 중요하다고 한다.
그러니까 힘든 일들은 내일로 미루자.

가장 중요한
오늘을 위해서.

"오늘의 할 일은
내일의 나에게!"

오늘까지의 나로 미루어 짐작해 볼 때,
내일의 나는 믿을 만한 사람이 아니다.

해가 바뀐다고
내가 바뀔리가.

끝은 새로운 시작이더라.

새로운 후회.

남의 이유는 핑계 같았다.
나의 핑계는 이유 같았고.

힘든 걸 참는 것보다 어렵다.

힘든 걸 힘들다고 말하는 게.

희망 사항은 늘어만 간다.

정작 희망은 줄어만 가고.

실패가 보장하는 건 성장이더라.
성공이 아니라.

자꾸 반복하면 늘더라.

실력도

실수도.

내가 하는 노력은 힘들어 보였고
남이 해낸 일들은 쉽게만 보였다.

나중에 후회할까 두려워서
당장의 후회들을 만들었네.

10분만 자고 깨야지 하다가 지각이고,
10분만 놀다 자야지 하다가 지금이다.

저는
운명을 믿습니다.

저의
운명이 밉습니다.

"고민만 말고 당장 할 수 있는 일을 해봐."

"당장 할 수 있는 일이 고민 말고는 없어."

말은 쉽다. 수습은 어렵고.

Tube
March 15, 2019

시작 전의 나 : 내가 바꾸겠어!

Tube
April 28, 2019

시작 후의 나 : 내가 바뀌겠어.

Tube
May 17, 2019

체념 후의 나 : 이게 바뀌겠어?

Tube
June 6, 2019

겠어 겠어 겠어 #현실이데아

나만 틀릴 가능성이 높다.
나만 옳을 가능성에 비해.

나만 아는 줄 알았다.
나만 아는 척한 거다.

나이가 들면

세상을 더 알게 되는 건 맞지만,

세상을 다 알게 되는 건 아니다.

나보다 어리다고 해서
그 사람이
나의 어제를 사는 게 아니더라.

같은 오늘을
그저 다른 나이로 살아갈 뿐.

내가 정말 사람 잘못 봤네.
잘못만 봤네.

남들처럼은 살기 싫은데,

남들만큼은 살고 싶었네.

지우고 싶은 과거들에는 공통점이 있다.

지울 수 없다는 거.

무리한 운동은 몸이 상하고,
무리한 꿈은 삶이 상하더라.

189

하상욱에게 '가족'은 어떤 의미예요?

저에게 가족은 '영어' 같아요.

왜?

마음에 있는 게 표현이 안 돼.

가족이 '영어' 같다고 했었다.
마음에 있는 게 표현이 잘 안 되니까.

근데 때로는 '한국어' 같기도 하다.

잘 안다고 생각했는데,
가끔은 참 어렵다.

PART 5.

힘낼지 말지는
내가 결정해

어렸을 때는
꿈을 꾸기 힘들었고,
나이가 드니
꿈을 깨기 힘이드네.

하고 싶은 걸 몰라서 힘든 것보다,

할수 없단 걸 알아서 힘이 들더라.

점점 힘들다는 말을 하지 않게 된다.
말을 해도 소용없단 걸 알게 되니까.

그땐 어렸네.

이젠 어렵네.

내가 고민이 없어 보이는 이유는,
당신이 나에 대해서 고민을
하지 않기 때문이에요.

"평소에는 그거 관심도 없으면서"라는 말은
평소에는 내게 관심도 없던 사람이 하더라.

내 실패는
노력 부족이다.

나를 위한
세상의 노오력.

자존감이 무너지는 날에는

최대한 있는 힘껏

일찍 자는 게 최고더라.

시간이 해결해 줄 거야.

누구도 해결 못 하니까.

전에는 "이제부터 잘하겠어"로 버텼고,

이제는 "이제와서 어쩌겠어"로 버티고.

더 많은 꿈을 꿀 수 있는 세상입니다.
취업이나 결혼까지 이젠 꿈이잖아요!

"힘들다고 말을 해야 힘든 줄 알지"

라는 말을 들으면 어떻게 생각해도 참 슬프다.

티가 나지 않을 정도로

내가 꾹 참아왔기 때문이라고 해도,

내가 힘든 걸 눈치채지 못할 정도로

그 사람이 내게 관심이 없었기 때문이라고 해도.

작은 것에도 감사하며 살기로 했다.
작은 것에라도 감사하지 않으면
감사할 일이 없을 것 같아서.

하상욱에게 '꿈'이란 뭔가요?

저에게 꿈은 '대출' 같아요.

왜?

꾸는 건 쉬운데 갚기가 힘들어.

내가 긍정의 말들을 경계하기 시작한 이유는
그런 말들에 집중하면 상황이 아닌 문장으로
나를 판단하게 되기 때문이었다.

내가 견딜 수 없는데도 도전은 좋아 보였고,
결단을 내려야 하는데도 포기는 나쁘게만 보였다.

그게 꼭 내 삶을 긍정하는 것도 아닐 텐데.

아픈 일 잊기를,

좋은 일 있기를.

잊고 싶은 오늘이 아닌,

잊고 싶은 오늘로 남길.

당신은 혼자가 아니에요.

혼자만 혼자가 아니니까.

어쩌면 내가 듣고 싶었던 위로는

"넌 할 수 있어"가 아니라

"넌 할 만큼 했어"가 아니었을까.

좌절은 뜨겁다.
체념에 비해서.

PART 6.

미친 오리는
어디든 갈 수 있다

노는 게 지친 게 아니다.

돈이 다 떨어진 것일 뿐.

낭비하지 않는 삶처럼
낭만없는 삶이 있을까.

저는 깨어 있는 시민입니다.
아직 안 자요.

저는 의식 있는 시민입니다.
좋아요 의식해요.

창작이 목표인 사람은 기준을 만든다.
칭찬이 목표인 사람은 기준에 맞춘다.

잘되고 있을 땐 내 단점을 봐야 한다.
안되고 있을 땐 내 장점을 봐야 하고.

누군가 날 싫어할 이유가 있다고 해서

누구도 날 좋아할 이유가 없는 건 아냐.

삶은 속도가 아니라
방향이라 들었는데,

나는 방황인 것 같다.

열심히 사는 사람들은
자기가 얼마나 열심히 살고 있는지 모르는데,

게으른 사람들은
자신이 게으르다는 사실을
아주 잘 파악하고 있다.

게으르다는 것.

그것은 있는 그대로의 나를

잘 알고 있다는 것.

지겨우니까 그만들 하라고 하면
세상은 지겹도록 바뀌지 않는다.

그만두고 싶지만,

그만둘 수가 없다.

그만두고 싶다는 생각을.

당신이 모든 사람을
만족시킬 수는 없다.

당신이 모든 사람을
실망시킬 수도 없다.

부족한 건 준비가 아니라 용기,
필요한 건 용기가 아니라 재미.

하상욱에게 '나'는 어떤 의미인가요?

나는 '보물' 같아요.

왜?

찾고 싶어.

세상의 주인공이 되려다,
내 삶의 조연이 되지 않기.

나만의 것이 아니면 어때,
나의 것이기만 하면 되지.

도망친다고
또망치는건
아니더라구.

어릴 때 수학 신동으로 불리던 아이는,
커서 위대한 과학자가
못 되면 좀 어때.

난 할 수 있다.
안 할 수 있다.

카카오프렌즈 소개

카카오프렌즈는 저마다의 개성과 인간적인 매력을 지닌 라이언, 어피치, 튜브, 콘, 무지, 프로도, 네오, 제이지 총 여덟 가지 캐릭터가 함께합니다.

서로 다른 성격에 콤플렉스를 하나씩 가지고 있는 여덟 캐릭터는 독특하면서도 친근해 남녀노소 누구에게나 공감을 얻으며 많은 사랑을 받고 있습니다.

RYAN

위로의 아이콘,
믿음직스러운 조언자 라이언

갈기가 없는 수사자인 라이언. 덩치가 크고
표정이 무뚝뚝하지만 여리고 섬세한 소녀
감성을 지닌 반전 매력의 소유자.
원래 아프리카 둥둥섬 왕위 계승자였으나,
자유로운 삶을 동경해 탈출!
지금은 카카오프렌즈에서 든든한 조언자
역할을 하고 있다.

APEACH

뒤태가 매력적인
애교만점 어피치

유전자 변이로 자웅동주가 된 것을 알고 복숭아
나무에서 탈출한 악동복숭아 어피치!
애교 넘치는 표정과 행동으로
카카오프렌즈에서 귀요미를 담당하고 있다.
섹시한 뒷모습으로 사람들을 매혹시키며
성격이 매우 급하고 과격하다.

화나면 미친 오리로 변신하는
튜브

TUBE

겁 많고 마음 약한 오리, 튜브.
작은 발이 콤플렉스라 오리발을 착용하는,
미운 오리 새끼의 먼 친척뻘이다.
그렇다고 절대 얕보지 말 것!
극도의 공포를 느끼거나 화가 머리끝까지 나면
입에서 불을 뿜으며 밥상을 뒤엎는
미친 오리로 변신하니 언제나 주의해야 한다.

악어를 닮은 정체불명의 콘

CON

정체를 알 수 없는 콘은 가장 미스터리한
캐릭터.
알고 보면 무지를 키운 능력자다.
요즘은 복숭아를 키우고 싶어 어피치를
따라다니고 있다.

MUZI

토끼 옷을 입은 무지

호기심 많고 장난기 가득한 무지의 정체는
사실 토끼 옷을 입은(?) 단무지. 토끼 옷을
벗으면 부끄러움을 많이 탄다. 깜찍하고 귀여운
표정으로 전 연령층에서 사랑받고 있다.

FRODO

부잣집 도시개
프로도

잡종견이라는 태생적 콤플렉스를 가진
부잣집 도시개, 프로도. 고양이 캐릭터 네오와
공식 커플로 알콩달콩 애정공세를 펼치며
연인들의 공감을 자아낸다.

NEO

새침한 패셔니스타
네오

자기 자신을 가장 사랑하는 새침한 고양이
네오는 쇼핑을 좋아하는 카카오프렌즈 대표
패셔니스타! 하지만 도도한 자신감의 근원이
단발머리 '가발'에서 나온다는 건 비밀!
공식 연인 프로도와 아옹다옹하는 모습이
사랑스럽다.

JAY-G

힙합을 사랑하는
자유로운 영혼 제이지

고향 땅속 나라를 늘 그리워하는 비밀요원
제이지! 선글라스와 뽀글뽀글한 머리가
인상적이며 힙합가수 **JAY-Z**의 열혈팬이다.
냉철해 보이는 겉모습과 달리 알고 보면
외로움을 많이 타는 여린 감수성의 소유자다.

튜브, 힘낼지 말지는 내가 결정해

1판 1쇄 발행 2019년 7월 31일
2판 1쇄 발행 2022년 3월 1일
2판 6쇄 발행 2024년 12월 31일

지은이 하상욱
펴낸이 김영곤
펴낸곳 아르테

인문기획팀장 양으녕 인문기획팀 이지연 서진교 노재은 김주현
출판마케팅팀 한충희 남정한 나은경 최명열 한경화
영업팀 변유경 김영남 강경남 황성진 김도연 권채영 전연우 최유성
제작팀 이영민 권경민
출판등록 2000년 5월 6일 제406-2003-061호
주소 (우 10881) 경기도 파주시 회동길 201(문발동)
대표전화 031-955-2100 팩스 031-955-2151

ISBN 978-89-509-8224-9 03810
아르테는 (주)북이십일의 문학 브랜드입니다.

Licensed by Kakao IX.
본 제품은 카카오아이엑스 주식회사와 라이선스
정식계약에 의해 아르테, (주)북이십일에서 제작·판매하는 것으로
무단 복제 및 판매를 금합니다.

(주)북이십일 경계를 허무는 콘텐츠 리더

21세기북스 채널에서 도서 정보와 다양한 영상자료, 이벤트를 만나세요!

페이스북 facebook.com/jiinpill21
인스타그램 instagram.com/jiinpill21
유튜브 www.youtube.com/book21pub

포스트 post.naver.com/21c_editors
홈페이지 www.book21.com

· 책값은 뒤표지에 있습니다.
· 이 책 내용의 일부 또는 전부를 재사용하려면
  반드시 (주)북이십일의 동의를 얻어야 합니다.
· 잘못 만들어진 책은 구입하신 서점에서 교환해드립니다.